雪の偶然

吉川宏志

現代短歌社

目次

I（二〇一五年〜二〇一七年）

雪の偶然

Ⅰ

（二〇一五年～二〇一七年）

鶫

鶫《つぐみ》とは鳴かざる鳥と書かれおり殺されるときは鳴くのだろうか

福島県白河市に、アウシュヴィッツ平和博物館がある
持ち主の焼かれしのちを日本まで旅し来たりぬ古き鞄は

親子はすぐに分かった。固く抱き合っていたからだ。ナレーション響きたり

黒ずみしものが木目に滲《にじ》みいるアウシュヴィッツの木靴置かれつ

これより背の低き者はすぐ殺されし横棒ありぬ薄やみに浮く

知らなかった。殺されているのを知らなかった。知りたくないことを知らなかった

百五十万の死をおもえども思われず人間の髪の数は十万

戦争を描いた子どもの絵を見たりクレヨンの赤に人は死にゆく

幼な子が見しものは絵に残されて踊るごとし銃に撃たれたる人

空襲を見し子はいかに育ちしや思えばわれの母もその一人

実朝の墓

ゆうぐれはどくだみの香の濃くなりて蛇腹のような石段のぼる

卯の花に頭《ず》を差し入れる蜜蜂はちいさな花粉袋をもちて

鎌倉　寿福寺

死にしゆえ息子となりしか実朝は　北条政子の墓に隣りぬ

ゆうぐれの鳥啼く下に墓石の文字を読みおり文字とは傷だ

京ことば、東言葉《あずま》のまじりつつ実朝と寝し妻をおもえり

雪に目鼻は埋もれていしや実朝の首を抱《いだ》きて走りし男

夏の夜の体の下に痺れたる腕を抜きゆく月読のなか

男には淡き乳首の残りつつ今日殺さるる身を洗いしか

クリックをすれば画像が見ゆという　焼けてちぎれて散らばる戦死

おい、まだ殺すなそのままにしておけ　黒い手袋が映画に言えり

海見ゆる前から青が滲みゆく家のあわいに木々のすきまに

死を逃げむために造りし大船はついにうごかず波光る海

地上の声

青黒き装甲車の列　その先に行けずひしめく魚か我ら

人に揉まれ揉まれて傘はひらかざり白く降りくる八月の雨

マクベスの「森が動く」という言葉　森となりつつ議事堂を見る

数千の横隔膜は波打ちて反対を叫ぶ今はさけぶのみ

デモのなかに小高賢立てり近づけば老いた眼鏡の男に戻る

ゆうぞらを鳥わたりおり「歌ふ」とは「訴ふ」ことと迢空言いき

帰らむと人押し分けて駅に入る地上の声はたちまちに無し

国会前うずめつくせる黒点の一つとなりて我が夏は過ぐ

『野火』のあと字幕が宙を昇りゆくそのほとんどは死者を演じき

つくりものの手足ちぎれる戦争の映画のそとに水を飲みおり

手籠めのごとき採決ののち一礼し首相の男は去りてゆきたり

スーダンに運ばれてゆく隊員は印鑑を捺し拭いしならむ

イラクには棺も運ばれゆきしという　隊員の眼に見えぬところに

武器のためレンズを磨く人もあらん秋の底なる実験室に

扉《ドア》をあければ秋の陽射しが靴に照る　デモに行く我、行かざる息子

息子には息子の言葉があるならむ　単純に反対と言わずともよし

初秋《はつあき》の二夜《ふたよ》泊まりて壁の絵の青きに気づく　立っていた馬

あばら家

四年ほど住みたる高《たか》野泉《のいずみ》町　少女のような名を思い出づ

玄関を入るとすぐに階段で秋のひかりは這い上がりたり

赤子ねむるそばに鼠《ねず》来てその兄はおもちゃの剣で追い払いしとぞ

あばら家と今ならおもう　口笛の上手な女と住んでいた家

黄の蝶がぎざぎざに宙を飛びており家とは秋に年を取るもの

渋民まで

啄木の教えし校舎に我は来て黒き机の罅《ひび》に触れたり

櫛ほどの氷柱《つらら》がありて啄木の短く住みし家に入りゆく

ガラス光る記念館にて見つめたり啄木の死後に産みたる節子

白く尖るをバスの窓より見上げしが姫神山と教えくれたり

雪深く近づけざりし宝徳寺　雪の割れめに墓石が見ゆ

黄のひかり巻きつくようにみちのくの夕べの月はふくらみはじむ

狼久保《おいのくぼ》　行きに過《よ》ぎりしバス停のふたたび見ゆる雪に埋もれて

「国家といふものについて真面目に考へてゐる人を笑ふやうな傾向が、或る種類の青年の間に風《ふう》を成してゐるやうな事はないか。」石川啄木「性急な思想」

冷笑をするなするなと啄木がおらぶごとしも林吹く風

辺野古に無ければ侵略さるると言う人を無知と言いてはならねども、無知

裸木をくぐりぬけゆく雪が見ゆ　あやつらるるごとく自由のごとく

震災後の新聞歌壇に妻の死を一首詠み消えし男もありぬ

一日眠らば治らむ風邪とおもえどもその一日が手帳には無し

眠りいる人多き夜の〈のぞみ〉にて小声に駅弁売る女あり

比叡山　本覚院

夕焼けのからみつきたる木がありて牧水の行きし山道をゆく

うち湿りクヌギ落ち葉の重なれる山襞のなかを歩みきたりぬ

牧水の泊まりし寺の荒れたるを杉の木に紛れ我は見ており

スリッパの置かれしままに本覚院の渡り廊下は雨に腐りぬ

牧水が使いしものと限らねど割れたる酒器が苔のうえにあり

手のかたち消えゆくままに祈りいる石の仏にわれはたたずむ

朝の池

呑みこみし餌が口より漏れ出《い》でてまた吸いこめり黒き寒鯉

朝の池ただよう鴨の心臓は水面よりも下にあるのか

光る池　鴨を見しのち縊《くび》られし大津皇子《おおつのみこ》のまなこのごとく

ギロチンを使わざるとき大き刃は下に置かれて保管したるや

雨雲はいまだ残りて青空の指がゆっくり引き裂いてゆく

グォプォサンヘーザイ

朝雨にじんわりと手の濡れゆけり河童草《がらっぱぐさ》はどくだみのこと

あの海は中国のものです　若ければ鋭声《とごえ》に言えり日本語に言えり

中国はずっと負けてきました　そのように教えられしと珈琲を飲む

日本でも習うと書けば夏鳥のごとく誦《よ》みたり〈国破山河在《グォプォサンヘーザイ》〉

戦争になったら帰ります岩高き海の画像を見せてくれたり

誰もいない島を護りて死にゆくは目の無い魚よりもさびしい

冬蟬の如く黙すという比喩を知ったのだった君の国の詩に

梅雨の夜のムカデ太かりき殺したるのちもざわりと音あるごとし

城の水源

熊本の歌会に来たる夏夕べ椅子ごと揺さぶる余震に遇えり

崩れたる家の柱がしろじろと立ちいるなかをオニヤンマ飛ぶ

倒れたる墓は直角をむきだしに雨に濡れおり朝の山道

くろぐろとあやめの花の映りおり城は小さな水源を持つ

湖のむこうの人にも見えるのか光の梯子が幾本も立つ

キャンプ・シュワブ

このままでは埋め立てられる青海を指さしており指は鋭き

基地の前の青きテントに入りたり鈍器のごとく雨は落ちくる

紙のうえに細き数字に書かれつつ海を滅ぼすための予算あり

沖縄のわじわじー*という語を聞けりテントの底を雨は這いゆく

*腹が立つ

鉄柵のむこうに日本人立てり雨は体を伝わり落ちて

ビニールに体を包み立つ人と目は合わざりき雨靡く基地

雨過ぎぬ。海の奥へと飛びながらしろがねになる鳥を見ており

海は何が正義か言わず　岩を呑み岩を吐き出し青暗き海

白塗りの鉄柵前に立ちている機動隊見ゆただ垂直に

海を埋める土砂を積みたるトラックが白煙吐けりデモ終わるまで

てのひらで腹を下から支えいる女が辺野古の海を見ており

ざっくりと浜を断ち切る金網がアメリカなのだ掌《て》を押し当てつ

区切られし浜のむこうにヤドカリの這いゆくが見ゆこと同じに

〈ようどれ〉は夕凪のこと、そして死と教えてもらう丘を行きつつ

映画『怒り』二首

沖縄の土に臥す少女映されて涙は顔を横にながれる

誰にも言わないで――小さな声の残りおり闇をくぐりて映画館出づ

針穴が無数に穿《うが》たれたるごとき白き珊瑚を浜より拾う

機の窓にしゃもじの形の島を見き瀬底島のちの検索に知る

流木のひびわれは白き砂を抱く持ち上げたれば降りこぼれたり

一人にて旅をしている父われはジンベエザメのふわふわを買う

紫陽花はどんな壁にも凭れおり占領のながくながく続きて

雪とアレント

雪降りてふたたび凍る朝の路ねむり足らざる体躯にあゆむ

ほそく鋭《と》き枝を無数に浮かべつつ青空は来る雪の終わりに

「かがりび」という特急があるらしも雪降る駅に声は告げおり

降りるまえ背の傾きを戻しおりカタンと跳ねて東京に入る

鉛筆の線少しあり挫折せしをふたたび読みぬハンナ・アレント

ナチスに入るよりも死を選びたる少数の人、少数なれど

私がしなくても誰かがやったと弁明すされども〈私〉が処刑されたり

オットー・アドルフ・アイヒマン

紙の白さ、雪のしろさは異なるを折々に窓ながめつつ読む

音として娘《こ》の泣く声を聞きおらん茶色のうさぎ撫でられながら

もう冬の夕闇が来て手のなかの本にかすかな灰が降りゆく

東京に殺されるなよ　東京を知らざる我は息子に言わず

与えられる武器は与えた　そう思え　息子は夜のバスに出てゆく

路に触れ消えゆく雪と見ていしが白き厚みをもちはじめたり

冬の朝受験に向かう娘なり秒針のある時計を貸しぬ

吐く息の白くのぼりてゆく空に大き柄杓の星はかたむく

鷹に鈴つけて飛ばせし古《いにしえ》は雪の空より鳴りひびきしか

前を通ると点る灯のあり黒き葉のなかに椿の赤がうかびぬ

ゆりかもめ輪をえがきおり後を飛ぶもののもなぞりぬ夕空の輪を

インタビュー　京都新聞

「萎縮させることが狙いでしょう」新聞社の夜の一室に声録《と》られゆく

コーヒーの碗をかちりと皿に置く共謀罪の生まれゆく夜に

梅雨の夜の黒きソファーは鰓《えら》呼吸するごとくあり記者と向き合う

紙莢《かみさや》にシュガーは固く詰められつ　問われおり「短歌で何ができますか」

未来のどこかで

デモのとき見知らぬ人と歩みしを「あれは誰ですか」「誰や」「誰なんだ」

沖縄でまず使われむ共謀罪　深夜の東京に作られゆきぬ

明日、会社に行きても誰も語らざらむ強行採決聞きつつ眠る

新聞はすべて終わりしのちに来つ紫陽花繁る路を通りて

火のそばに

雨のあと帰り来たりし夜の道ツツジの匂いが顔に貼りつく

共謀を疑われしとき火のそばにペテロは言えり「其の人を知らず」

聖書には二つ栞の紐のあり黄と赤はページの下にはみだす

「祭司長ら群衆を唆《そそのか》し」紫斑のごとき記述残りぬ

亜麻布を棄てて裸に逃げ去りしイエスの弟子も記されてあり

疑われたくなければ行くな　亜麻布の袖をつかみし手のありにけむ

誰か食われるあいだに遠く逃げゆくは草食獣の当然にして

家に隠れ外を見ていし虫籠窓《むしこ》　縞なす光を床に踏みにき

子が残しゆきし『七人の侍』に眼のぐいぐいと三船敏郎

人々はあまり知らぬまま決まりしと後《のち》の歴史は書くか　書かれむ

人々は知らなかった　それは嘘でありまた正しかりきナチスの世にも

数百の人が集まりホロコースト演じしのちに払われる金

イエスの墓を掘りしは鍬か　朝露に濡れたる鉄は青みを帯びて

オオムラサキホコリ

闇のなか小《ち》さき緑に照らされて螢の記憶は指の記憶だ

橋ができてもう川幅は変わらない風に巻かれる橋を渡りぬ

梅雨のあめすべて呑みこむ海が見ゆ半島の縁《へり》を旅し来たりて

雨のあと深くなりたる川水に鑢《やすり》のような魚がおよぐ

白鷺は魚を呑めりしばらくは胃の闇のなか見ひらく魚

熊楠《くまぐす》の生きて死にし家　薬壜の茶色き影が幾つも立てり

紙が足りぬ、紙が足りぬと叫ぶごと細かき字なり熊楠の字は

粘菌のオオムラサキホコリ　びろびろと枯れ木の皮に垂れて生きおり

夏日さす闘鶏神社に婚ありて薄むらさきの衣がよぎる

旅しつつここから先はもう行けぬ地点のありて栴檀そよぐ

龍眼

グリーグのピアノの曲のなかにある夕暮れを聴く　短きものを

稲妻が大きく光り戦前の町が浮かびぬ夜の中より

ただいま、の声は今でも幼けれ梅雨の夜更けに娘《こ》は帰り来る

新聞の端を齧るを叱りおりうさぎの顔は下ぶくれして

印刷のミスがあった

申し訳ありません、を繰り返すたび黒きソファーのぎしぎしと鳴る

謝罪するあいだをずっと目の前にありし茶碗の蓋あけて飲む

粘りつく怒りの声が残りいる耳は夕べの雲雀を聞けり

「顚末《てんまつ》」は不思議な言葉　夜の更けの会社に帰り顚末書を書く

二十五年働ききたり天井の睫毛のような模様の下に

食べるとは食器を汚しゆくことか背のなき椅子にて牛丼を食ぶ

龍眼《りゅうがん》という果物のあるらしも　透けつつ甘きを疲れれば恋う

王の命令なれば果物をさがしつつ海を渡りき古《いにしえ》びとは

Ⅱ

（二〇一八年〜二〇一九年）

光る夕立　　平成じぶん歌

平成元年　誕生日は一月十五日

杉の葉を雪すべり落つ天皇の死ののち我は二十歳となりぬ

平成二年　大学三年

恋人が先に働きボートにて島へ連れてゆく社長を話す

平成三年　就職

トイレにて酒を吐き終えまた呑めり注《つ》がれたものは咽喉《のみど》に流す

平成四年

お互いに恋人はいて残業ののちに灯の濃き夜道を帰る

平成五年　結婚

絨毯の或る模様まで歩みゆき手を取れという　白き手に触る

平成六年　長男誕生

まだ父と思えぬままのわが指をにぎりてわらう赤子は夜に

平成七年　二十六歳で第一歌集『青蟬』刊行

帯を外したりして本を撫でていた　若いうちに死ぬと思いいし日々

平成八年　オウム裁判続く

このままでは世界は滅ぶと言いし友　白き衣のなかに痩せゆく

平成九年

ゆうぐれに閉じてゆく山　おさなごを抱きつつ石の道をくだりぬ

平成十年　長女誕生

乳と汗にじむからだを抱きとればわが胸にじっと貼りついていた

平成十一年　三十歳

「顔が大《お》っけえなあ」と言いにき　子の写真見せたる朝に祖母の命消ゆ

平成十二年　二〇〇〇年

西暦一〇〇〇年知らざるままに生きたりし清少納言　藤の花をかし

平成十三年　9・11同時多発テロ

もしあの日が曇りだったら　眼のなかに剝がれ落ちない青空がある

平成十四年　小泉首相、北朝鮮を訪問

「拉致なんて嘘だ」と書いた歌人がいた君が代も悪、それが正しかった

平成十五年　イラク戦争

デモに参加しましょう、という手を払いたり汚れたジャンパー着ていたその手

平成十六年　イラクに大量破壊兵器はなかったと発表

血のかたちに吸いついいた砂　日本人の死者の無きゆえ早く忘れつ

平成十七年

運動の苦手な我は教えられず　ラケットひるがえす子を見守りぬ

平成十八年　リストラ闘争に関わる

ストローより剝がした紙が濡れており事業計画のここは嘘だ

平成十九年　隠岐を旅した

後鳥羽院を封じたる海　深秋《ふかあき》の月のひかりを波は運べり

平成二十年

祖父の顔を死ののちも舐めていた犬が後ずさりして低く唸りぬ

平成二十一年　四十歳　鳩山政権発足

辺野古の海を守らむとせしを嘲《わら》いたりなぜ嘲いしか石榴《ざくろ》答えず

平成二十二年　河野裕子さん死去

わが母が土ごと送りし白スミレ　裕子さんの庭にしばらくありし

平成二十三年　八月に原発事故後の福島を旅する

銀シートに桃の落ちたる道を行けり見えざるものはここを漂う

平成二十四年　高校生の息子を連れて石巻を訪れる

子に見せておきたい、それも言い訳か　潰れし家の向こうには海

平成二十五年　息子は映画学科に進学

性愛と愛は違うのか　子の撮りし映画のなかに光る夕立

平成二十六年　ＮＨＫが報道

自死を隠し名を隠したり　イラクより還りし自衛隊員二十八名

平成二十七年　安保法案強行採決

プラカードに顔を隠したき我のありその我も連れて四条を歩く

平成二十八年　娘は高校三年生

楽想は夜となりしか帆柱のようにコントラバスを揺らせり

平成二十九年　若山牧水賞を受賞。牧水の生家の近くで私は生まれた

若き日の眼となりて母は見ているや夕べに青く沈む山々

平成三十年

翁長知事と同じ病気と言う人のかたわらにおり茄子畑《なすばた》の雨

平成三十一年

平成から母は出られず　黒塗りの扉に映る桃の花枝

ソルティー・ドッグ

幼き子亡くしたひとを焼香の台の向こうに見て黙礼す

若き日に同僚なりし〈みーちゃん〉の激しく泣くを初めて見たり

ミニカーで遊びつつふと上げた顔　そんな遺影が灯のなかにある

溶けてゆく蠟にみずからを映しつつ炎は立てり死とのさかいに

ソルティー・ドッグ飲みつつ若き夜のありき　誰も知らずこんな死に遭うことを

梅雨の夜の読経のなかに混じりいる迦陵頻伽《かりょうびんが》が耳に入りくる

ふかぶかとわれらのまとう喪服より豪雨警報いっせいに鳴る

傘の爪

紫陽花の茂れる道を帰る夜のしばしば傘の爪が当たりて

あぢさゐのしをれて後に咲く花のただ一枝よ秋の風まで

地球など知らざるままに紫陽花のはなを見たりし藤原定家

もじもじと背をうごかして葉を噛める蚕を見たりき教室の隅に

死を長く書きしゆうぐれ板塀に顎のせるように紫陽花の咲く

スマホにて読める漫画に殴る手の小さくなりぬ梅雨の夜帰る

紫陽花を棺に入れてはいけません顔の左右でふくらんでゆく

1989

ウィスキーに氷滲《にじ》めりチャウシェスク長く忘れしその名を聞きぬ

幼くておびえてました　肖像のチャウシェスクが家に貼られて

デモに行く兄を引き止める母の手はルーマニアにもありき白く強き手

聞かれるな　神に祈りていることを　生き残りたいなら聞かれるな

ノースコリアも私たちと同じなんでしょう　唇《くち》に氷の触れつつ呑めり

再生数19万回　銃殺のあと目をあけているチャウシェスク

梨の汁

母の死に逢うための旅　雨霧がゆうべの谷にしずみゆく見ゆ

山膚の黒く流れてゆく窓に「まだ無事」というメールが灯る

電動のベッドに母を浮かせゆき尿《ゆまり》抜き取る音のしており

母の背を支えておればてのひらに骨が当たりぬ汗にすべる骨

浴槽に網《ネット》を張りて吾を生みし母のからだは洗われており

雨の間は消えていたりしこおろぎの声が湧きくる　母のめぐりに

明日あるかなきかのいのち　梨の汁スプーンにのせて母に飲ましむ

昏睡の母の耳にも沁みゆくか秋の夜に聴く「戦場のメリークリスマス」

ゼッゼッゼッ　音はつづけり夜の底を駆けゆくように母が息する

もう息は帰ってこないのに口をこんなに大きくあけて、母さん

布張りの白きが母に似合うらむ明後日《あさって》焼かるる棺を選ぶ

点滴はかえって苦しむことになる　医師は言いにきトルコ桔梗の花

白い島が浮かべるように顔はあり菊入れてゆく棺のなかに

素焼きの器のようにしろじろと並べりこれが母と言われて

ずっと離れて暮らした母は死ののちも離れたままで　綿虫が飛ぶ

放生院

橋姫の寺に来たりぬ地上より一尺を咲く石蕗《つわぶき》の花

そういえば今年は萩を見なかった　白萩のころ喘ぎいし母

この寺に母を連れ来しことのあり淡き陽ざしを紅葉はきざむ

さっきまで紅葉を透けていた陽ざし　うすやみとなる石だたみみち

夕影の貼りつく襖を抜けてゆく　ふりかえったら母がいない

亡きことを知らせる葉書の余りたり窓には冬の雲が重なる

藤田嗣治展その他

金の陽にふちどられつつ雲は行きあなたのいない地上が翳る

鼻の奥が涙にゆがむことのあり母の亡きのち二月《ふたつき》が経つ

白舟《しらふね》のように女はねむりおり画家の年譜にその死短く

しばしばも隠されて来し『アッツ島玉砕』を見つ黄土色の死を

死ぬまえの目、目、目、目が散らばりぬ大いなる絵は壁に掛かりて

落葉のように重なりており絵のなかの戦死者の名を画家は知らずも

版画の椿

飛行機の降りゆく際《きわ》に母を焼きし山あいが見ゆ青銅の屋根

ふるさとに一夜ねむれば新年のひかりがあたる写真の母に

太々しき線思い出《い》づ母が下絵、父が彫りたる版画の椿

鳶の輪は海をめぐりてまた陸にもどりくるなり高く啼きつつ

小学生のときに初めて聞きしかな青銅のごとき響き　ポツダム

貧しくなりされどもかつての貧しさに戻れぬ国よ川に降る雪

雪山に死にたる人の眼球は凍っているのか　夜を見たまま

野宮

紫式部の住んでいた地という

行けば同じものが見ゆとは思わねど廬山寺《ろざんじ》は冬の雨に包まる

みぞれ降る寺に来たりて足の骨深く曲げつつ正座をしたり

ふくらみの足りない雪が降りはじめ朝の椿の葉を濡らしゆく

傘の柄の凍るごときを立てながら野宮《ののみや》神社の苔を見ており

古《いにしえ》は衣《きぬ》を着しまま抱き合いし折り紙の鶴重なるに似て

生き別れと死の別れいずれが苦しきか「須磨」の巻にて帝は問えり

誰に呪われしか知らず死にゆきし葵の上に髪ながく添う

若き日に氷のごとく失いし金を言いにき死ぬまで母は

湯のなかに紅茶の靄《もや》のただよえり忘れることが救いというが

草枯れて石多き道　昼にのみ春は来たりて夕べに去りぬ

思い出すたびに夕陽が透けてくる楤《たら》の芽を母と摘みし山道

美馬牛

男ばかりの会議のあとに男ばかりの宴席　汁の蛤剝がす

おまえの課の女子は生意気なんだよと言われてビール飲みおり我は

韓国を蔑《なみ》して盛り上がる男たち　黒き磁石にむらがるように

基地がないと中国が攻めてくるでしょ、と湯気のむこうに声は響けり

カルロス・ゴーンの本が置かれていたりしがすでになし経営企画室

デザイン料けずればデザインは悪くなる　その当然を経営は知らず

おにぎりのセロファンを抜く旅の昼　樹の影青き雪野がつづく

山襞をうずめうずめて雪降りぬ美馬牛《びばうし》、と言われ聞き返したり

地《じ》の人は大したことないと言う雪に足つかまれて飲み屋に行けり

学校に粘土を売りにゆく人と話せり粘土はぼってりと冷ゆ

雪の朝固くなりたる頬のまま売るための言葉をつないでゆくも

道徳を評価する国に我は居て〈よくできました〉の判子を作る

死が見ている夢のごとくに雪深き谷を尾灯の赤走りゆく

早咲きの梅を見てからだいぶ日が過ぎた気がする遅咲きの紅《こう》

道化師のごとき春にはまだ遠し辛夷の花のゆれるあおぞら

鳥が落とす花もみずから落ちる花も　敷石道《しきいしみち》に陽の差している

汚れゆく海のなかでは咳をすることもできない　ジュゴンが死んだ

夜業

納期が遅れている印刷所の手伝いにゆく

輪ゴムにて束ね束ねる　もたつけば封筒だらけになるコンベアー

春の夜の湿りに紙の挟まりて機械停まりぬ　みな背伸びする

ぐきぐきと肩に痛みは食いこみぬ石垣に似て積まれゆく紙

夜を照らす「並」や「卵」の字に触れて食券を買う国道沿いに

春の月にふくらむような便器かな工場裏に六基がならぶ

紙束を運びつづけし夜の明けて軍手の指に穴があきたり

ハワード・ジョーンズ

大阪の地下をあゆみてしばしばに冷たき空気の塊に触る

三十年聴きつづけたる人老いて『かくれんぼ《ハイド・アンド・シーク》』歌う地下のピアノに

全米4位まで行きし人そののちを穏やかに歌いつづけ　いま見る

それにしても愛って何だろう《ホワット・イズ・ラブ・エニウェイ》　若き日のままに歌いて答えはあらず

いくたびの拍手を終えしてのひらに夜の川辺の風は沁みゆく

青き灯のゆらげる河にすぐに出る大阪の街をすこし愛せり

Ⅲ

（二〇二〇年～二〇二一年）

遠き火、近き火

ポケットにまだ手を入れることもなく白いさざんか咲く道に出る

六月にわが手の触れし赤柱　半年たたず灰となりしか

青龍の刺繍をなぞる　首里城に買いし帽子は焼けざりし一つ

沖縄戦に焼き潰された屋根だった同じ火にして同じ火ならず

予告編終わりしのちに左右へと幕を拡ぐる音のひびくも

いま渡らなくてもいいがどうせなら秋の光が撫でている橋

水鳥の羽毛が壜に入れられて、これを使っています。ユニクロ

火祭りを森のほとりに待ちおれば一葉《ひとは》のこらず闇となりゆく

泣きながら炎を運ぶ子もいたりまだ空青き鞍馬の夜に

ガラス戸の向こうを滑る水滴とうちがわの露　冬が来ている

うしろむく人

うしろむく人の眼鏡ははみ出せり冬の夕焼そこに溶けゆく

雪雲に閉ざされている丹波路の一番前の山だけが見ゆ

橋越えて乗り換える駅　ユリカモメ一羽一羽が夕日を切りぬ

新年の寺に来ており妹と薄くひろがる枝影を踏む

除夜すぎし鐘は朝《あした》の陽を浴びてふくらみており母亡き町に

通学路の名前も知らぬ寺なりき真栄寺いま母の骨がある

食券を出せばうどんかそばか聞く声渋きなり冬ざれの駅

ゆうぐれは雲がふりむいているすがた　読めなかった本を返しにゆけり

ヴィルヘルム・ハマスホイ展

絵のなかにまぶたの厚き妻ありて次の展示室にやや老いており

ポスターにうしろすがたの女立つ　さっき見た絵を濡らす時雨は

ボーカルが死にしバンドの残りいるごとき明るさ冬の林は

息しつつ湿るマスクが河豚の皮みたいに顔に貼りついてくる

隔離する部屋にシーツは広げられ死にたるのちはそのままくるむ

道すべて封鎖されたる武漢にも梅咲きおらむ映されざりき

終止府

目から入るウイルスもある　闇に咲く桜のなかに目をひらきたり

妻の裸像を描《か》く画家、描かぬ画家のあり前庭の梅見上げて帰る

赤木俊夫さん

政権が命を追いつめゆくさまの「終止府」と誤記されし遺書読む

罪を押しつけ逃れるものに災いのあれよとおもえど災いは来ず

ほかの世のごとく桜の満ちゆくにメジロ食みおり首ふりながら

雲

大雲や小雲の過ぎてこの道の桜の影をたびたび消しぬ

ウイルスの噂ききつつ歩みゆく花曇りとは裂け目なき白

疫学のその断片を読みゆけり平たき雲が車窓につづく

雲の裏に心臓ほどの陽がありて川のほとりの桜を歩く

有名無名分かたず人の死にゆきし夕べに雲の市《いち》ひろがりぬ

みなそこ、水面

みなそこに泥さむざむと沈めども水面《みなも》は春のひかりをはじく

翼にて茶色の頭を叩きたる鴨の争いを遠く見ており

ウイルスも〈自然〉なんだよ、と言うだろう牧水ならば海をながめて

ゆうぐれに見えざるものを洗いゆく指のあいだに指を入れつつ

隣室に「おんしゃ」「おんしゃ」と面接の練習しつつ籠もる娘は

ＷＥＢ面接に顔をさらしている娘　幾百の顔と比べらるるや

ウイルスは肺から肺へ旅しゆくこのきさらぎの空を渡りて

藍の空ようやく春となりゆかむ　とげやわらかく星光りおり

紅蜀葵

ウイルスの拡がる前に見たる絵の黒衣の女人うしろをむきて

仏像を見ぬまま春は過ぎゆけり指のあいだに滲める闇も

陽性者は恥じよ恥じよと迫りくる舌を持たざる声群がりて

会社の窓からいつも見えつつ曇り日に立っている墓、座りいる墓

言《こと》の刃をずらして受ける技《わざ》ありて会議に使い来ぬいくたびも

手を洗うときにかすかに腕時計濡れつつ春は終わっていった

汗腺をもたざる白きはなびらをひろげて立てり朝の沙羅の木

死者を書きつつ自分のことを書いていた　外階段を打つ夜の雨

指を誘うかたちに葡萄置かれあり少し眠って目覚めた夜の

忘れつつ思い出しつつ人の死を生きてきたりぬ　紅蜀葵《こうしょっき》咲く

眼状紋

こおろぎの幾匹ひそむ闇ならむ音の鏡のなかに立ちおり

ここは三条麩屋町《ふやちょう》あたり　ゆうやみの繋ぎ目として外灯が立つ

さるすべり白くこぼるる疫病《えやみ》にて帰らずなりぬ母の三回忌

よく見ずにあの門をいつも出ていった　母がからめた羽衣ジャスミン

萩の寺に炎天ながら入りゆきぬ緑の枝は敷石を擦《す》る

地衣類の黄色く乾く石仏に腰かがめたり母亡き我は

線香のぬけがらになり折れゆけり盆という暑き時間のなかを

萩の寺に行きて帰りし二時間のそれも旅ではないか　夕月

戦場に馬を抱く歌まで書きぬ少し眠ってからまた書かむ

いつ死にていつ生まれしやわが部屋にときどき跳ねる蠅捕り蜘蛛は

稲妻にならざる光の震えつつ墨雲《すみぐも》は町の上に来たりぬ

昨夜《よべ》降りて川の流れのふくらめり下《しも》を向きつつ尖る五位鷺

百病《や》みて一人死ぬとか　ゆうぞらの青の部分を鳥は飛びゆく

（　　　　　　　　）の中にウイルスがいるかもしれず焼き尽くしたり

二〇二〇年八月二十八日

やっと安倍政権が終わりましたねと亡き人に言うまだだよと雨

憲法の変えられざりしをゆいいつの燈《ひ》とおもえども霧に埋もれて

潰瘍性大腸炎

病王《びょうおう》を責めてはならず　いずこより触書《ふれがき》ありてしたがう我は

アメンボの浮くまま光る川過ぎて小さき怒りをすりつぶしたり

好感のやすやすと作られゆく昼を鍋になかなめに乾麺を挿す

老い人のなべて決めゆく国にいて老いたる側に近づく我か

だまされてなぜにほほえむ　栗の樹に降りし秋雨また乾きゆく

捨てよ捨てよ　本の中より声聞こゆ雄滝《おだき》雌滝《めだき》と積まれる本の

綱吉の世に生きたりし人々はおびえしか嘲《わら》いしか萩の揺れいる

わがむすめ狂うごとくに聴いている防弾少年團をこぼれ聴きする

〈人生はダイナマイト〉か　韓国の若き歌声を老国に聴く

葉にとまり眼状紋《がんじょうもん》をひらきしが飛び去りにけり夕暮れの葉を

秋の川に身は沿いゆくに虎杖《いたどり》の花が激しき白さに咲きぬ

シューベルトのＣＤはいつ終わりしかこおろぎのこえ素《す》に聞こえくる

人形器官

悪について

ひよこを機械でつぎつぎに潰す映像が俺のスマホに流れ着いてた

牛と豚混じるミンチが真っ白いパックに粘りつくのを剝がす

慰安所の扉に続く列がある　水溜まりを避けて途切れたる列

たたかいとたたかいのあいだ　尖りたる器官を持ちて男は並ぶ

待つあいだ兵士は見しや葉の上に粘膜をひろげるカタツムリ

夕暮れの小部屋で顔は見えなかった　傷のような器官が俺を見ていた

女官らは犯されざりしか海曇り『平家物語』はついに記さず

強き酒で人形にする　たましいはベッドの横に投げつけられて

ギリシア神話のカッサンドラーは正しい言葉を語る女性と捉えることができよう

性器なき言葉なれども群がりてカッサンドラーを潰さむとする

朝鮮の少女の像を隠す　否われらが隠れているその眼から

えごの花

鰯雲ちらばるままに夜となり月の光は数百に照る

『ジョジョ・ラビット』

アンネとよく似ている少女きさらぎに観し映画にて生き残りたり

えごの花白く吊らるる枝のあり雨の伝わる路となりつつ

絵のなかの人と目の合う位置があり横に並べる少女に譲る

ウグイスをウイルスと空目してしまう世界の端で編みゆく雑誌

二〇二〇年七月十八日

若き死者の見捨ててゆきしこの世にて大蒜の白き皮を剥がせり

夕山の落葉踏み分けナウシカのいまだ来たらず国は病みゆく

夜は秋の風が吹きおり弦はじくチャーリー・ヘイデン亡き指を聴く

十字鈴

支線から冬に入りゆく駅ならむ七味の赤がかき揚げに散る

陽を追いて読書したりし床《ゆか》黒く本居宣長旧居に入りぬ

宣長の集めし鈴に十字架に似るひとつあり布にしずみて

学術を憎む声々増えゆくに紙脆《もろ》くなりし『寒雲』を読む

死因をもう言わなくなりしニュースにて芦名星《あしなせい》の髪ゆれてふりむく

目薬もまた冷えてゆく秋の夜のゆびにまぶたをおしひろげつつ

冷凍の餃子を鍋にならべゆく石輪《いしわ》のごときひびきを聞きぬ

秋の雲低くなりたりウイルスのなき月面がひかりはじめつ

言葉より狂いはじめし世にありて紅葉は何の内臓ならむ

田酒

「伏線」を「ふしせん」と言う娘《こ》とともに韓国ドラマを観る年の暮れ

みちのくの田酒《でんしゅ》を飲みぬこきこきと栄螺《さざえ》のさしみ噛みたる口に

雨過ぎし池のめぐりを歩めるに白梅の枝は紅梅を抱く

足もとの日なたは遠く飛び去りて白梅の咲く道の冷えゆく

焼餅坂

桜から出《い》でて桜のなかに入る橋が見ゆやがて我を乗せたり

三月の嵐は過ぎて短雲《たんうん》と長雲《ちょううん》うかぶ夕べの窓に

戸塚区に住むというなりさいころの桂一郎をこの娘《こ》は知らず

ひらくたび水が灯れり冷蔵庫の小《ち》さきを据えて娘は住みはじむ

コロナ禍に回れる皿のまばらなり白魚の寿司むすめと食べる

桜映り黒き車の停まりいる焼餅坂をのぼりきたりぬ

旅先に買いたる水の透影《すきかげ》をさげつつあゆむ武家屋敷まで

ここはむかし東海道の五日めの風走るなか木蓮が咲く

一里塚まだ残れるを過ぎゆきぬ傷のキャベツを売る農家あり

坂多く桜のうえにさくら立つこの街に娘《こ》は働きはじむ

親を離れ初めて寝る夜《よ》のさびしさは我に記憶あり娘は言わねども

川の名を知らずあゆみてこの橋が教えてくれる帷子川と

二十六年過ぎてしまいぬ大根を擂りつつ二人暮らしにもどる

組織図

古着屋に人のからだを失いし服吊られおり釦つやめく

人手足りずミスの増えしを知りながらこの若者を叱らねばならず

ゆうやみを白猫来たり舗道から足を剝がしてまた貼るように

指示のあやまち認めぬままに怒鳴りいる　マスク膨らみ縮みて声は

いじめるのが巧い男が上に行く組織とは何か　背の冷えて去る

〈一身上の都合〉にすべて収めたり指冷えながら便箋を折る

退職届を持ちつつ来たる朝十時リモート勤務にて専務はおらず

罵声におびえる職場になりてしまいたり辞めるのは抗議か逃げか分からず

皮肉言われ判をもらうも最後にて灯の淡き北の階段くだる

若い人に任せる、それも逃げだよなアルコール手に噴きつけている

もうすでに噂の届きいる部署に入《はい》らむとして足の揺らぎつ

辞めること分かってしまえばにこやかに下請けをしないか、などと言われつ

三月の夕べは長し組織図から我の名を消し線でつなぎぬ

書類すべてシュレッダーに呑ませたりこんなに軽くなるか、抽斗《ひきだし》

「道徳」のテスト作りて売り上げを増やしし日々の資料を刻む

道徳をこれで評価していいのですか　記者に答えき「需要ありますから」

尖りたる名刺の角が手のひらに当たりぬ　すべてシュレッダーに捨つ

古い写真が出てきた　僕が金沢かどこかの社員旅行でわらう

この窓のなかにいるのも最後にて花山《かざん》天文台遠くに光る

コロナ禍に送別会のあらざるがむしろ清《さや》けく花冷えを去る

やえむぐら

水に映るみずからの灯に寄りゆきて死にし螢もあらむ　朝明け

乗り口を低めてバスは停まりたり舗道がはじく昼暗き雨

古畑の再放送の終わりたる夜の曇りにほととぎす啼く

ええ、あなたがころしたんです、はい。細き身を闇から少しずらして言えり

人に語りやすらぐといいえり梅雨の夜の人に語れるほどの苦なれば

東京オリンピックはじまる

観客のあらざる席に死者座り炎天を飛ぶ槍見つらむか

雷光に膨れる雲の遠ざかりやがて平凡の雨となりたり

横浜に働くむすめ帰り来て枕抱きつつ眠る明け方

やえむぐら人目の繁きこの国を捨ててもいいよprincess Mako

気仙沼

ガラス戸の曇りの向こう海ありてみちのくの湯にからだを洗う

岩穴より湯を落とせるに近づきて熱《あつ》、熱《あつ》と子は逃れゆきたり

大いなる銀の器ゆ岩海苔のスープをすくう朝のホテルは

海光る山まで我を乗せてきて流されし家のあたり指さす

坂の半ばより古き家残りおりここまで来たる津波を聞きぬ

煙雲館は落合直文の生家

海からの秋風の吹くこの庭にうなずくごとく揺るる糸杉

青鷺は小岩に立てり直文《なおぶみ》のまなざし残る座看《ざかん》の庭に

津波より八年の過ぎこの土手に曼珠沙華また咲くと語れり

ゆうぐれの海のほとりを帰りきて団扇《うちわ》のごとき乾し魚を買う

この海を見るのは最後でないはずと思いて去りぬ五十二歳《ごじゅうに》の旅は

かんぜおん

河光る午後四時の坂を下《お》りゆけり羽無きごとく秋茜飛ぶ

病む人に会わずガラスの向こうへとみたらし団子を渡し帰りぬ

ふるふると金魚およげりガラス器の外にひかりをうごかしながら

手術後の身体《からだ》の曇りやすき人りんどうの花にしゃがみて撮りぬ

葬の日に見しものと同じ　赤き片《ひら》ゆらしつづけるフェイクキャンドル

九月だからまだゆっくりと暮れてゆく母の命日クレオメの花

ひがんばなの先へ先へと歩きゆく最も赤い花に遭うまで

灯のなかに百済観音たたずめり樹皮の剝がれしごとき微笑み

祈るとき言葉は顔の前に来つ水瓶《すいびょう》垂らせりくだらかんぜおん

天井高き秋の御堂に見上げたり百済観音眼球《がんきゅう》おぼろ

宙に浮きまた水草に下《お》りゆけり蜻蛉は時の秤《はかり》のごとく

Ⅳ

（二〇二二年）

雪の偶然

一生があの樹なら葉のいちまいの今日が暮れゆくシャツ買いしのみ

吹雪からはぐれし雪は家裏をただよいながら草に消えゆく

草枯れし川原を来たり重なりし山が二つに分かれはじめる

ピスタチオの殻ざらざらと捨てゆけり若き日は徹夜せし大晦日

夜の〈のぞみ〉に娘《こ》は帰りたりすき焼きに白き牛脂の溶け残りつつ

文楽の手の伸びゆきて冬の樹のかさなるごとく相擁《あいよう》したり

被曝のせいかもしれないと言う人に我は黙しき　訃を受け取りぬ

目に見えぬものが降っていた工場を人は語りき山の狭間《はざま》の

因果はいつも認められずに雪暗《ゆきぐれ》のたまたまあなたが病んだだけだと

カフェに来て本読みおれば混じりくる時計の音が使われた曲

人の十倍の速さに老いてゆくウサギが夜更け柵を噛む音

氷雨降る　人をあきらめさせるため〈偶然〉という言葉使いぬ

長谷寺のにおいの沁みている町に立てて売らるる玩具《おもちゃ》の刀

しぐれ降る窓のほとりに食べており指紋つくほど黒き羊羹

左右より夕の濃くなる参道に食《しょく》のこぼれを鳩がつつきぬ

雨と晴れ紙芝居のごと入れ替わる午後になりたり蠟梅が咲く

学校より病み広がるを聞きいたり子の居なくなりし家に籠もりて

子と競いカルビ食べたる日のありき店の貼り紙を雪かすめおり

病院の裏にまわりて鉄の輪に噛ませていたり冬の自転車

どこを病むかあらかじめ決まりいるという身体《からだ》に朝の雪は吸いつく

指で錠を作るがすぐに外されるそんなふうだ人が居なくなるのは

ねむりとはしずかな磁石　亡き人や古い眼鏡を引き寄せながら

二〇二二年二月十五日

雪原に数万の兵集結すと聞きたり何も起こらず過ぎよ

最近の演習という注ありて雪を撥《は》ねゆく戦車を映す

もし撃たばすぐ殺されむ雪の村に銃の訓練する女あり

縦の空

縦の空に黒き煙はのぼりゆくスマホに撮りしをスマホに見たり

治りそうな負傷ばかりが映されて横たわる人にぼかしのかかる

地に倒れ顔に落ちくる雪を見し兵の遺体は引きずられゆく

こわくない、こわくないよと言いながら母と子は逃げる昔からずっと

あれは病院ではない、敵がいるビルだ　囁かれ兵は砲撃したり

泣き叫ぶ母親の肩は抱かれたり誰も代わりてやれず戦死は

雪降れり　核に亡ぶをおもうときひどく小さな世界が見える

銃床

金色の塔の背後に煙上がるこの戦争にまだ名はあらず

焼け焦げしビルのあいだをピンク色に着膨れしたる子が逃げてゆく

爆撃をテレビに聞けり花火より小さくされし音に崩るる

ロシアにて反戦叫ぶ人の手のねじ曲げられて運ばれゆけり

雪の上に遺体散らばりいるならむ地図の縁《ふち》から赤く抉《えぐ》らる

「ママ、これは演習じゃなかった」読まれゆく死者のスマホのふきだしの文字

ロシア兵に死の増えゆかば厭戦の生まれむと言うテレビを消しぬ

銃床に使われるというクルミの木　枝をくぐりて雪は降り来る

銃を配ることなき日本　鉄橋の冬の手すりを握りたるのみ

命捨てて自由を護るは正しきか　崩れたビルの鉄芯が立つ

雪ののち陽のふくらめる石だたみ鳩のうしろを鳩は従《つ》きゆく

夜空より糸曳くごとく降りきたり人を殺めぬ雪と歩むも

空爆のとだえし時をスーパーのカート押しゆく老女映りぬ

ミサイルの飛ぶ下に明日の肉を買う亡きのちは部屋のなかに腐らむ

焼け跡を歩きて溶ける靴底の臭いは想像できる　できるか

塵多き空は美しき夕焼けを生むというビルの崩れし街に

揺れながらまた浮き上がる淡雪のもう誰が正しいか分からず

キーウに居る我をおもえり眼鏡がまず砕けて見えぬ銃口に向く

夕雲のあまた映りて道のなき水のおもてを鴨は過ぎゆく

傷のなき青天球《せいてんきゅう》のひろがりて木蓮はみなつぼみを掲《かか》ぐ

きのう牙、きょうは卵のかたちして木蓮の花もうすぐ咲かむ

耳の数

ウクライナのニュースは三番目となりて夜の窓とおく蛙が鳴くも

爆死また銃殺　区別なき数に慣れてはならずといえど慣れゆく

あまりにもしんじつゆえにうなだれぬ　武器が無ければ殺されるのみ

暗緑のなかに白抜きされているどくだみの花　坂に踏み入る

京都市大和大路

耳塚（鼻塚）とありハングルの文字が添いたり雨に濡れつつ

どろりとした眼で命じしか秀吉も　耳塚に立つ石に降る雨

削《そ》がれたる耳数えむと十ごとに固められつつ布に置かれき

秀吉の死にてようやく終わりたる朝鮮侵攻　紫陽花まろぶ

おぼおぼと垂るる梅雨雲　切られたる耳に男女の見分けありしや

瑞泉寺

斬首されし順序は寺に残りたり秀次の妻子三十九名

ブチャの野の掘り返されて黒土の溜まれる耳はシーツのうえに

匙もつ手　鱒をさばく手　ウラジーミル・プーチンと書き紙を折りし手

西大寺

数秒後ひかり喪う眼《まなこ》なり「考えるのでありま…」銃声

白く照る柵に道路は囲まれて柵より低く横たわる人

人の身の運び去られし空間に赤き演台残されていつ

死ぬことを信じられずに死ぬことの　曇天が目に映りしままに

ワイシャツに白く包まれ運ばるるまだ銃弾の残れる身体《からだ》

七月十九日、大和西大寺駅

弾道は空に残らず朝雲の白き底より雨が降り出す

船底のごとき路面に刻々と死の近づくを寝かされたりき

広島と長崎と同じ文読みし人を思えり朝の蟬啼く

ここに花を置かないでください　珍獣の死にたる檻のごとく雨降る

西大寺に来たのは三十年ぶりくらいだろうか。祖父と来たことがある

樟《くす》の木のてっぺんはもうあかるいが鼓膜のような傘をひらけり

梅雨すぎてまた降る雨を受けながら曲率《きょくりつ》深く蓮の花咲く

仏像に骨はあらねど直立の静けき群れのなかを歩みぬ

多聞天の眼《まなこ》を最後にのぞきこみ雨音繁《しげ》き道を帰るも

戦中に墓の字いくつも書きしこと祖父言えり人が足りなかったと

京都はアカが多いと言いし祖父おもう　知らざるものほど人は憎むや

かつての高校の同級生の記憶

今のままだと死ぬと言われしことのあり死ぬのもいいと若ければ答えき

早口に神を言う声　すでにして言葉通じぬ人になりいて

昼休みの教室はふと静まりて「霊が通った」誰の言いしか

仔羊の血を塗らざりし門あらば死を与えにき古神《いにしえがみ》は

言われたるとおりに票を入れるとう入れねば不幸になると言われて

使わざりしアベノマスクを仏壇に供える人もありとこそ聞け

ビデオ送っただけだと言えり　サラ金のＣＭに出しチワワのごとく

昔話〈飯食わぬ女房〉を思い出せり無料で選挙を手伝う偽宗教《カルト》

雨雲の垂れこめる駅　なにもかも従わせ来て死はしたがわず

ほんとうは信州に行くはずだった　死の磁力から逃れられずに

後になり網目のごとく見えはじむ死の光源は些事《さじ》を照らして

いつの日か台湾有事をたたかうと島のみどりに兵器を隠す

基地あればミサイル撃たるる当然を沖縄は言えり聞かぬまま逝く

ゆうやみはどこまでも雨　空襲のあらざりし奈良に人は死にたり

一人の死に歴史の変わるを否定する講義を受けし　雨の輪の池

あとがき

二〇一五年から二〇一七年に、『現代短歌』で八回の作品連載の機会をいただいた。いつか歌集に収めなければと思いつつ、時間が過ぎていった。今年になってようやく、二〇二二年の夏までに作った歌と合わせて一冊にまとめることができた。八年間の五五五首で、歌数はかなり多めだが、五並びの数字になったのが嬉しく、このまま刊行しようと思っている。第九歌集になる。

前歌集の『石蓮花』（二〇一九年）と作歌時期が重なっているところがあり、沖縄や、母の死を詠んだ作は、共通する場面をもとに歌っている。ただ、表現のしかたは違っているので、同じ体験を別の視点から捉えた作品としてお読みいただければ幸いである。

タイトルは、歌集の中の同名の連作から採った。身のまわりでも、時代の流れにおいても、〈偶然〉によって、何かが大きく変わってしまったと感じることが少なくない。もし、少しだけ別の行動をしていたら、別の未来になっていたのではないか、とつい考えてしまうのだ。

〈偶然〉とは何なのか。それは哲学的なテーマであり、短歌で答えを出せるものではないが、世界に問いかける形で歌ってみたいと思った。

今朝の京都は、久しぶりの大雪となった。窓の外は、一面に白い町が広がっている。こんな日に、あとがきを書いているのも一つの偶然で、おもしろく思うのである。

現代短歌社の真野少さん、廣瀬文女《あやめ》さんには、丁寧に制作を進めていただき、深く感謝している。また、短歌誌「塔」の表紙デザインをお願いしている野田和浩さんに、装丁をしていただくことになった。とてもありがたいことである。どのような本になるか、とても楽しみにしている。

二〇二三年一月二十五日

吉川宏志

初出一覧

Ⅰ

鵜　「現代短歌」二〇一六年六月号
実朝の墓　「現代短歌」二〇一五年九月号
地上の声　「現代短歌」二〇一五年十二月号
あばら家　「現代短歌」二〇一五年十一月号
渋民まで　「現代短歌」二〇一六年三月号
比叡山　本覚院　「短歌往来」二〇一六年三月号
朝の池　「短歌往来」二〇一六年三月号
グォプォサンへーザイ　「現代短歌」二〇一六年九月号
城の水源　「現代短歌」二〇一六年九月号
キャンプ・シュワブ　「現代短歌」二〇一六年十二月号
雪とアレント　「現代短歌」二〇一七年三月号
インタビュー　京都新聞　「現代短歌」二〇一七年八月号
火のそばに　「現代短歌」二〇一七年六月号
オオムラサキホコリ　「短歌研究」二〇一七年八月号
龍眼　「短歌研究」二〇一七年八月号

Ⅱ

光る夕立　「短歌研究」二〇一八年十月号
ソルティー・ドッグ　「塔」二〇一八年八月号
傘の爪　「俳句四季」二〇一八年六月号
１９８９　「塔」二〇一八年九月号
梨の汁　「井泉」二〇一九年一月号
放生院　「井泉」二〇一九年一月号
藤田嗣治展その他　「短歌」二〇一九年一月号
版画の椿　「短歌」二〇一九年四月号
野宮　「短歌」二〇一九年四月号
美馬牛　「歌壇」二〇一九年五月号
夜業　「短歌研究」二〇一九年六月号
ハワード・ジョーンズ　「塔」二〇一九年十二月号

Ⅲ

遠き火、近き火　「短歌」二〇二〇年一月号
うしろむく人　「歌壇」二〇二〇年四月号
終止府　「短歌研究」二〇二〇年五月号
雲　「読売新聞」二〇二〇年四月十日
みなそこ、水面　「うた新聞」二〇二〇年四月号
紅蜀葵　「短歌往来」二〇二〇年九月号
眼状紋　「短歌」二〇二〇年十一月号
人形器官　「現代短歌」二〇二〇年三月号
えごの花　「塔」二〇二〇年二月号〜十二月号
十字鈴　「短歌」二〇二一年一月号
田酒　「塔」二〇二一年三月号・四月号
焼餅坂　「歌壇」二〇二一年六月号
組織図　「歌壇」二〇二一年六月号
やえむぐら　「塔」二〇二一年八月号・十月号
気仙沼　「短歌」二〇二一年八月号
かんぜおん　「塔」二〇二一年十一月号・十二月号

Ⅳ

雪の偶然　「短歌」二〇二二年四月号
縦の空　「短歌研究」二〇二二年五月号
銃床　「短歌往来」二〇二二年六月号
耳の数　「現代短歌」二〇二二年九月号
西大寺　「短歌研究」二〇二二年九月号

＊構成やタイトルを変えている一連もあります。

吉川宏志（よしかわ・ひろし）

1969年、宮崎県生まれ。京都大学文学部卒業。
一般社団法人 塔短歌会主宰。京都新聞歌壇選者。京都市在住。

歌集

『青蟬《あおせみ》』（1995年・砂子屋書房）
『夜光』（2000年・砂子屋書房）
『海雨《かいう》』（2005年・砂子屋書房）
『曳舟《ひきふね》』（2006年・短歌研究社）
『西行の肺』（2009年・角川学芸出版）
『燕麦《えんばく》』（2012年・砂子屋書房）
『鳥の見しもの』（2016年・本阿弥書店）
『石蓮花《せきれんか》』（2019年・書肆侃侃房）

評論集

『風景と実感』（2008年・青磁社）
『読みと他者』（2015年・いりの舎）

塔21世紀叢書第四二七篇
歌集 雪の偶然〈新装版〉
二〇二四年五月二十一日 第一刷発行
著者 吉川宏志
発行人 真野 少
発行所 現代短歌社
〒六〇四-八二一二
京都市中京区六角町三五七-四
三本木書院内
電話 〇七五-二五六-八八七二
装幀 野田和浩
印刷 亜細亜印刷
定価 一八〇〇円（税別）

ISBN978-4-86534-483-7 C0092 ¥1800E